# Le Masque de la Mort

Cet ouvrage a initialement paru en langue anglaise en 2010
chez Orchard Books sous le titre :
*The Chronicles of Avantia, First hero*
© Working Partners Limited.
© Beast Quest Limited 2010 pour le texte.
© Artful Doodlers pour les illustrations.

© Hachette Livre, 2011 pour la présente édition.

Mise en page et colorisation : Julie Simoens.

Hachette Livre, 43, quai de Grenelle, 75015 Paris.

**Adam Blade**

**Traduit de l'anglais
par Lucile Galliot**

# Les légendes d'Avantia

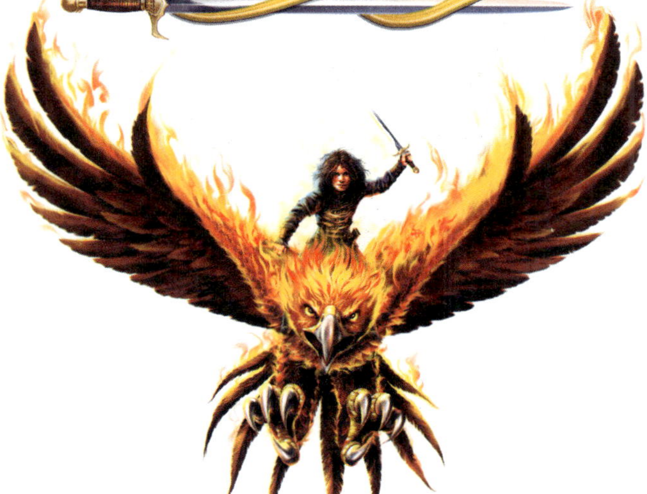

# Le Masque
# de la Mort

# Les Bêtes d'Avantia

**Firepos** est un oiseau-flamme, et une des Bêtes légendaires du royaume. Elle a choisi Yann lorsqu'il était enfant, et depuis, il est devenu son Cavalier. Firepos le protège et le guide.

Comme Firepos, **Gulkien** le loup, **Néra** le puma, et **Falkor** le serpent ont chacun un Cavalier.

Bêtes et Cavaliers sont unis par un lien très fort, et ils communiquent par la pensée.

Ensemble, ils doivent vaincre l'ennemi d'Avantia : **Derthsin**.

# Avantia

- LES PLAINES DE GLACE
- LES GORGES BRISÉES
- RANDES AINES
- LA CITÉ
- FORTON
- COLWEIR
- LA RIVIÈRE SINUEUSE

# Quand les Bêtes se réunissent...

*Au plus profond des entrailles du volcan, mes serres agrippent la pierre brûlante. Je sens la lave bouillonner, la chaleur s'intensifier : c'est ici que je suis née.*

*L'aube est proche. Il est temps que j'agisse.*

*D'un battement d'ailes, je m'élève parmi les tourbillons d'air chaud avant de sortir du cratère dans une explosion de flammes. En planant dans l'air frais de la nuit, je pose mon regard sur Avantia, le pays qui m'a vue naître.*

*C'est ici que se trouve mon destin, mon Cavalier.*

*Posée au bord du cratère, j'attends que mes amis me rejoignent. Voilà plusieurs lunes que nous ne nous sommes pas réunis.*

*Au-dessus de ma tête, une silhouette se détache sur le ciel rougissant. L'ombre grossit à vue d'œil et prend peu à peu l'apparence... d'un loup gris. Au dernier moment, deux grandes ailes de chauve-souris viennent ralentir sa chute et la Bête atterrit en douceur sur ses pattes puissantes. Gulkien a répondu à l'appel.*

*Des ombres baignant le pied du volcan surgit un énorme félin. En quelques bonds gracieux, la créature gravit le versant rocheux, faisant jaillir des étincelles sous ses griffes. Voilà Néra. Son courage sera nécessaire dans les épreuves qui nous attendent.*

*De l'autre côté du cratère, Falkor le grand serpent sort d'une crevasse et, tandis qu'il ondule dans notre direction, ses écailles réfléchissent les flammes du cratère. Il incline sa tête hérissée d'épines pour nous saluer. Ses anneaux enroulés autour d'un rocher, Falkor attend, à l'affût.*

*— Il est temps, dis-je. Notre ennemi de*

*toujours, Derthsin, menace le royaume d'un grand danger. Chacun de nous doit trouver son Cavalier.*

*Renversant son énorme tête en arrière, Gulkien pousse un hurlement dont l'écho rebondit sur les parois du cratère. D'un grondement caverneux, Néra se joint à lui et je sens, sous mes pieds, la roche trembler. En sifflant, Falkor resserre ses anneaux autour du rocher et le fend en deux. Portée par la même exaltation, je laisse ma joie éclater dans un cri perçant.*

*Gulkien bondit dans les airs et s'éloigne d'un vif battement d'ailes tandis que Néra dévale les pentes rocheuses. Quant à Falkor, il s'étire de toute sa longueur, puis se faufile dans une fissure.*

*Bonne chance, mes amis. Mes pensées vous accompagnent.*

*La dernière à partir, je déploie mes ailes et prends mon envol.*

*Je suis Firepos et mon Cavalier m'attend...*

*Le paysage défile sous mes yeux comme un immense patchwork de champs, de bois sombres et de villages. À l'ouest, l'océan borde l'horizon d'un fil d'argent.*

*Tout est calme...*

*Une odeur de fumée vient titiller mes narines... J'ai un terrible pressentiment !*

*Piquant vers le sol, je plane au-dessus de la forêt et découvre, de l'autre côté, des champs de blé ravagés par les flammes et de la fumée qui s'élève des toits de chaume. Le village de Forton est attaqué !*

*Vêtus d'armures usées par les combats, les envahisseurs prennent d'assaut les ruelles, faisant fuir devant eux les villageois terrifiés. Quelques-uns osent les défier mais ils se font tous massacrer sans pitié.*

*Soudain, tous mes sens se mettent en éveil : mon Cavalier est ici, quelque part. Et s'il était déjà trop tard ?*

*De l'autre côté du village, j'aperçois un cheval s'éloigner au galop. Il est monté par un guerrier de taille gigantesque, protégé par une armure noire pleine de pointes métalliques. Je ne vois pas son visage, caché derrière un masque de cuir grimaçant. Un frisson me parcourt l'échine.*

*Ce masque. Je le connais...*

*Sa mâchoire ouverte laisse voir deux rangées de dents pointues. De chaque côté de ses tempes, une corne s'élève vers le ciel. C'est le visage d'une Bête Sombre, Anoret, une créature mythique qui, autrefois, répandait la terreur dans tout le royaume. Le Visage d'Anoret, également connu sous le nom de Masque de la Mort, est un objet extrêmement puissant. Son porteur ne peut être que Derthsin !*

*Canalisant mes flammes, je forme une boule de feu entre mes serres. Bientôt, mon ennemi ne sera plus qu'un tas de cendres fumantes...*

*Comme s'il avait senti le danger, Derthsin se retourne et je distingue, à travers les fentes de son masque, ses yeux brillant de malice. D'un revers de la main, il fait un petit geste dans ma direction. Aussitôt, une force invisible m'immobilise et me projette au sol. Malgré la douleur qui m'assaille, je comprends ce qu'il se passe : la légende du Visage d'Anoret est vraie ! Ce masque donne à son porteur le pouvoir de contrôler les Bêtes d'Avantia...*

*Je ne suis pas prête pour un tel combat ! Pendant que je reste clouée au sol, sous l'emprise de Derthsin, un fermier s'approche du guerrier. Il porte un fléau de moissonneur à la main : deux morceaux de bois reliés par une chaîne. Derrière lui se trouve un jeune garçon au visage plein de larmes.*

*Tous mes sens s'éveillent aussitôt : c'est mon Cavalier ! L'enfant essaie de retenir son père, mais le fermier lui fait signe de fuir dans les bois.*

*Le guerrier a posé pied à terre et tire à présent une longue épée de son fourreau. Avec un cri de rage, le fermier le lève et tente maladroitement de le frapper à la tête. D'un simple pas sur le côté, Derthsin évite le coup puis, aussi vif qu'un serpent, fend l'air de son épée... L'homme plonge sous la lame et se redresse, son arme en bois brandie devant lui. Surpris, Derthsin ne voit pas l'outil s'abattre sur son visage. Sous le choc, le masque est arraché et le guerrier tombe à genoux dans un cri de douleur. Au même instant, je me sens libérée de son emprise, mais je suis encore trop faible pour bouger.*

*Les traits du visage de Derthsin expriment une incroyable dureté : des lèvres fines et blêmes, un nez fort et d'épais sourcils qui surplombent des yeux noirs. Se sachant à la merci du fermier, le guerrier lève son regard vers lui.*

*— Réfléchis bien, dit-il d'une voix douce mais impérieuse. Veux-tu vraiment que ton fils assiste à la mise à mort d'un homme désarmé ?*

*Le fermier tourne la tête et crie un ordre en direction de mon Cavalier.*

*— Va-t'en ! Va te cacher avec ta mère !*

*Ce court instant suffit à Derthsin pour tirer une longue dague de sa ceinture. La lame glisse entre les côtes du fermier et l'homme pousse un faible cri avant de s'écrouler. Poursuivie par les moqueries d'un groupe de soldats, une femme en larmes s'élance vers le corps sans vie.*

*— Mettez-la dans le chariot avec les autres ! leur ordonne Derthsin.*

*Alors que les soldats empoignent la femme, le guerrier saisit le jeune garçon par le col de sa chemise.*

*— Tu es courageux, je le sens, dit-il. Mais la mort est plus forte que toi !*

*Mes plumes deviennent sombres comme le charbon. Je prends mon envol sans un bruit, plonge vers l'immonde guerrier et lui plante mes serres acérées dans l'épaule puis, sous les yeux ébahis de l'enfant, emporte Derthsin dans les airs. Il a beau se débattre entre mes griffes, je n'ai pas l'intention de le lâcher. Pas encore.*

*Après avoir survolé des plaines et des forêts, mon volcan apparaît enfin à l'horizon. Mon passager comprend soudain où je suis en train de le conduire.*

*— Tu paieras pour ça !*

*En poussant un cri de victoire, je desserre mon étreinte au-dessus du cratère de lave. Dans un dernier effort pour s'agripper à moi, Derthsin arrive à m'arracher une plume, mais sa chute est inévitable. Les flots brûlants l'avalent et mettent fin à ses cris.*

*De retour à Forton, je retrouve le jeune garçon, penché au-dessus de son père.*

*Alors que je m'approche de lui, l'enfant jette ses bras autour de mon cou et se met à sangloter. Il ressent le lien qui nous unit. Il est jeune et son avenir est incertain. Aura-t-il le courage d'y faire face ?*

*Je ferai tout mon possible pour l'aider mais, à présent, il est l'heure de panser nos plaies.*

*Ta destinée t'attend, mon garçon.*
*De l'ombre doit naître un héros.*

*Chapitre 1*

# La guerre

En ouvrant le four, une vague de chaleur frappe Yann de plein fouet.
À l'aide d'une pelle à long manche, il retire les dernières miches de pain et les pose sur une grille pour les laisser refroidir. Il glisse deux baguettes sous son bras et il salue le boulanger avant de sortir. Déserte à l'aube, la place du village est maintenant remplie de monde. Un pêcheur et son fils, Ben, dépassent Yann, les épaules chargées de bâtons auxquels sont suspendues des rangées de truites.

— Passe nous voir tout à l'heure, lui

lance-t-il. Je te donnerai du poisson frit en échange de quelques pains.

Yann lui répond par un grand sourire et un signe de la main. Après la perte de ses parents, il s'est fait de nombreux amis parmi les villageois.

Tout autour de Forton, des fortifications ont été ajoutées peu après l'attaque. Malgré ces défenses, le sentiment d'insécurité continue d'habiter les villageois : Avantia est un royaume sans chef, à la merci des bandes de voleurs qui pillent les villages et détroussent les voyageurs. Désormais, chaque villageois doit savoir se battre.

De retour chez lui, Yann ravive le feu et suspend une bouilloire au-dessus des braises. Après avoir infusé quelques herbes dans l'eau, il apporte le thé avec du pain frais et du beurre dans la chambre de sa grand-mère.

Assise sur son lit, Esmée noue ses longues dreadlocks grises avec un ruban rouge. Posant le plateau sur le lit, Yann embrasse sa grand-mère sur la joue.

— Apporte-moi ma boîte à osselets, mon garçon.

— Tu veux encore lire l'avenir ? murmure Yann.

— Le temps du changement est venu à Avantia, lui répond-elle, le visage sombre. Je dois consulter les osselets pour savoir à quoi nous préparer.

Ces osselets peuvent-ils vraiment prédire l'avenir ? Au village, personne ne doute des talents de sa grand-mère. Certains la paient même pour qu'elle leur lise les lignes de la main.

Soudain, un bruit de sabots se fait entendre. Yann se précipite à la fenêtre.

— Des soldats approchent, dit-il, la voix chargée de tension.

La vieille femme jette un regard furtif vers l'intérieur de la maison. Personne ne doit découvrir ce qui se cache sous le plancher ! Après l'attaque de Forton, il y a plusieurs années, un des morceaux du Masque de la Mort a été dissimulé sous leur maison et les autres dispersés à travers le royaume. Même si Yann est dans le secret, Esmée ne lui a jamais révélé où ils se trouvent, ni pourquoi elle ne les a pas détruits.

— Grand-mère, dit Yann, je dois aller voir ce qui se passe.

Esmée hoche gravement la tête.

— Sois prudent et souviens-toi de ce que tu as appris.

Se précipitant à l'arrière du cottage, le jeune homme gravit une petite colline et tourne son regard vers le volcan. Il se sert de ses mains comme d'un porte-voix et crie le nom de sa meilleure amie.

— Firepos !

Une créature surgit du cratère en déployant ses deux grandes ailes. À son approche, la peur que ressent Yann s'affaiblit. Les serres en avant, Firepos atterrit en douceur devant lui et ses plumes chatoyantes se mettent à diffuser une douce chaleur.

— Prête ?

L'oiseau-flamme répond par un cri perçant, puis s'accroupit pour le laisser grimper sur son dos.

— Direction : le Nord ! s'écrie Yann.

*Chapitre 2*

# Varlot

Vues du ciel, les plaines d'Avantia respirent la tranquillité... mais elles ont l'air si vulnérables ! Face à une armée, ces champs à perte de vue n'offrent aucune protection aux villages.

Au loin, Yann aperçoit un nuage de poussière progresser vers Forton. *Prends garde de rester hors de vue*, conseille-t-il à son amie tandis qu'ils s'approchent.

Son sang se fige soudain dans ses veines : sous la poussière, trois colonnes de soldats avancent d'un pas lourd et cadencé. Chacune est escortée par quatre guerriers montés sur un varkule, une sorte de hyène géante dotée de défenses acérées.

À la tête de cette armée, un superbe étalon noir mène la marche. Il est monté par un homme en armure, coiffé d'un casque en forme de tête de dragon.

Tous portent une armure en cuir sombre. Les premiers rangs sont armés de lances et des épées pendent à leur ceinture. Les hommes de la deuxième colonne ont sur l'épaule des haches de guerre à long manche et l'arrière-garde est constituée d'arbalétriers.

*Je dois prévenir tout le monde !*

Au moment de faire demi-tour, Firepos passe devant le soleil et projette malgré elle une ombre sur le sol. Le Guerrier Dragon retient aussitôt sa monture et crie un ordre à ses troupes. L'ensemble des soldats se fige et les arbalétriers sortent des rangs pour se poster en deux lignes. Posant un genou

en terre, les hommes arment leur arbalète et la pointent vers Firepos...

La gorge serrée, Yann se cramponne à son amie tandis qu'elle prend de la hauteur.

— Tirez ! crie le Guerrier Dragon.

Dans un sifflement aigu, les flèches des soldats fusent vers le ciel et certaines frôlent même la queue de l'oiseau-flamme. Mais en quelques battements d'ailes, Firepos s'éloigne, définitivement hors de portée.

*Après tant d'années, il est temps de voir si mon Cavalier a bien retenu ce que je lui ai appris. J'ai fait tout ce que j'ai pu pour le préparer. Mais il a peur, je le sens. J'espère seulement qu'il aura la force de survivre. S'il échoue, je serai la seule coupable.*

C'est jour de marché à Forton. L'apparition de la gigantesque Firepos, en plein milieu de la place du village, provoque la panique parmi les habitants.

— N'ayez pas peur de Firepos, leur dit Yann. C'est une Bête légendaire et je suis son Cavalier.

Une vague de murmures fait le tour de la place. Simon, le chef du village, se détache de la foule.

— Un peu de silence. Yann, que se passe-t-il ?

— Des soldats approchent ! Ils sont des centaines. Prenez les armes ! Il faut que les archers montent sur les remparts !

— Des voleurs ? demande Simon. Ils ne prendraient pas le risque d'attaquer la ville. Ses fortifications sont solides.

— Nos murs ne seront d'aucun secours face à ces hommes. Ils ont des varkules. Ils ont déjà rayé Harron de la carte.

Le visage de Simon s'assombrit.

— Que les miliciens rejoignent l'armurerie et que toute personne capable de tenir une arme se prépare à combattre ! Tous les autres : cachez-vous dans vos caves ! ordonne le chef du village.

Yann, peut-on compter sur ton aide et sur celle de cette Bête ?

Le cœur battant, Yann observe les villageois récupérer des arcs, des épées et des haches dans l'armurerie.

— Je les retiendrai aussi longtemps que possible, dit-il d'une voix ferme, malgré sa peur.

D'un hochement de tête, Simon le remercie avant de courir donner ses instructions.

En s'éloignant du village, Yann doute encore. Arrivera-t-il vraiment à ralentir cette armée monstrueuse ?

— C'est à nous de jouer, Firepos ! Demi-tour ! dit-il à son amie d'une voix légèrement tremblante.

*Je sens que Yann est déterminé à se battre, malgré sa peur. Il me fait faire un large détour, au ras du sol, pour passer derrière un petit bois et contourner l'armée. J'ai compris : il veut profiter de l'effet de surprise. Mes plumes s'enflamment à l'approche de l'arrière-garde.*

Dans un cri perçant, Firepos plonge vers le varkule qui ferme la marche. Yann se cramponne d'une main, tire son épée et frappe le cavalier. Désarçonné, l'ennemi tombe au sol et roule aux pieds de sa créature monstrueuse.

Une poussée d'adrénaline envahit aussitôt le corps de Yann. Alertés, les soldats de l'arrière-garde se dispersent en poussant des cris de terreur. Firepos attrape deux arbalétriers entre ses griffes et les emporte dans les airs avant de les lâcher au-dessus de la colonne des lanciers. À l'avant, le Guerrier Dragon fait demi-tour.

— Restez groupés ! hurle-t-il.

Ignorant l'ordre de leur chef, des soldats se jettent à terre ou s'enfuient vers le bois. D'autres lèvent leur arbalète vers Firepos et essaient de l'atteindre sans prendre le temps de viser. Plus réfléchis, des lanciers pointent leurs lances vers le ciel de façon à garder l'oiseau-flamme à distance.

Après un virage serré, Firepos s'apprête à réaliser un second passage, une boule de feu entre les serres.

Mais au moment de passer à l'attaque, Yann voit le Guerrier Dragon poser pied à terre et, une main posée sur l'encolure de son cheval, lui murmurer quelque chose à l'oreille.

— Qu'est-ce qu'il fait ?

L'étalon se cabre et pousse un hennissement terrible. Mais au lieu de retomber sur ses quatre sabots, il conserve son équilibre ! Ce cheval n'est pas ordinaire…

Ses pattes arrière commencent à s'épaissir jusqu'à devenir aussi larges que des troncs d'arbre et la corne de ses sabots se transforme en bronze. L'extrémité de ses pattes avant s'allonge pour prendre la forme d'un poing armé de longues griffes. Ses yeux se rapprochent lentement, de sorte que les traits de son visage deviennent soudain plus humains.

— C'est une Bête ! s'exclame Yann.

*C'est donc vrai : Varlot existe bel et bien ! Je ne l'avais encore jamais rencontré. D'après ce que l'on m'a dit, il tuerait sans aucun état d'âme et aurait refusé de choisir un Cavalier. Mais alors, pourquoi laisse-t-il ce Guerrier Dragon le monter ? Yann et moi avons un nouvel ennemi...*

Un nom se dessine dans l'esprit de Yann : *Varlot. C'est le nom de cette Bête.*

Sa transformation terminée, les soldats ennemis se rassemblent aussitôt derrière l'imposante créature.

Firepos transmet à Yann un nouveau message par la pensée : *N'aie pas peur.*

— Ne t'inquiète pas. Je peux le faire, répond le jeune homme en essayant de donner à sa voix toute l'assurance qui lui manque.

*En agissant comme un guerrier courageux,*

*peut-être que j'arriverai à en devenir un,* pense-t-il.

Avec un cri perçant, Firepos propulse sa boule de feu à travers le ciel.

Varlot bascule la tête en arrière et pousse un rugissement de défi. La boule enflammée explose contre son armure de bronze, sans lui causer la moindre égratignure.

Soudain, de la fumée de l'explosion surgit une lance. Changeant brutalement de cap, Firepos réussit à l'éviter, mais est entraînée dans une vrille incontrôlée. Les dents serrés, Yann se cramponne jusqu'à que son amie retrouve l'équilibre.

— Ça n'est pas passé loin, dit-il en faisant prendre un peu de distance à Firepos.

Au sol, les soldats se regroupent et recommencent à marcher en direction du village. Mais au moment de croiser le chemin qui mène vers la ferme de Yann, le Guerrier Dragon choisit un détachement et laisse Varlot conduire le reste des soldats vers Forton.

Yann ne sait pas quoi faire : doit-il suivre le gros de l'armée ou partir au secours de sa grand-mère ? Qui doit-il privilégier : plusieurs centaines de villageois ou la seule famille qui lui reste ?

— Pose-moi au sol, dit-il finalement à Firepos.

L'oiseau-flamme lâche encore quelques boules de feu sur les soldats puis, profitant de la fumée occasionnée, s'éloigne du champ de bataille pour descendre au plus près du sol. Les deux amis réalisent alors une manœuvre répétée au cours de leurs entraînements. Après avoir passé une jambe par-dessus l'encolure de Firepos, Yann bondit vers le sol et amortit sa chute par une petite roulade.

Tandis qu'ils se relève, le jeune homme observe son amie plonger droit sur Varlot et s'agripper à son armure.

*Dans les yeux de Varlot se reflètent la haine et la soif de sang, mais je compte bien lui donner du fil à retordre ! Je n'arrive pas à lire ses pensées. Il semblerait que la personne qui a réussi à le soumettre lui a également appris à fermer son esprit. L'espace d'un court instant, un rayon de soleil l'aveugle. C'est ma chance : mon bec fuse vers ses yeux. Varlot pousse un hurlement et s'écroule.*

Pendant que la bête monstrueuse se relève et fend l'air de ses griffes pour attraper son ennemie ailée, l'armée continue sa progression vers Forton.

— Firepos ! hurle Yann. Vole jusqu'au village et protège-le !

Poussant un cri aigu, l'oiseau-flamme s'empresse de suivre les conseils de son ami, une boule de feu déjà prête entre ses serres.

Yann n'a pas une minute à perdre : il doit arriver chez sa grand-mère avant les soldats ! Il s'élance à toute vitesse vers la ferme en prenant un raccourci à travers les bois. *Pourquoi le Guerrier Dragon a-t-il pris cette route ? Et qu'arrivera-t-il à grand-mère quand il la verra ?*

Un cri parvient soudain à ses oreilles. Le cœur battant, Yann accélère.

*Chapitre 3*

# Le secret d'Esmée

Arrivé au cottage, Yann repère aussitôt sa grand-mère : debout dans l'encadrement de la porte, elle tient à deux mains la hache qu'ils utilisent pour fendre le bois.

Un varkule la domine de toute sa taille et approche sa gueule du visage de la vieille femme. Indisposée par l'odeur, Esmée détourne la tête avec une grimace. Le Guerrier Dragon se tient aux côtés de l'animal, flanqué de trois autres soldats armés de sabres à lame courbe.

— Laissez-la tranquille ! s'interpose

Yann en tirant son épée.

— Ah, un paysan de plus avec lequel faire joujou ! plaisante le cavalier du varkule.

Fou de rage, Yann se fend d'une botte audacieuse en direction du poitrail de l'animal. Le varkule se cabre et désarçonne son cavalier avant de bondir sur son agresseur. De ses crocs acérés, il déchire la tunique de Yann, mais le jeune homme arrive à s'éloigner avant qu'un second coup de mâchoire ne lui soit fatal.

— Ça suffit ! intervient le Guerrier Dragon.

Prenant une profonde inspiration, il ajoute :

— Le Masque de la Mort n'est pas loin. Je le sens...

Et retirant son casque, il pose un regard perçant sur Esmée.

— Approchez-vous, vieille femme, dit-il d'une voix adoucie. Je souhaiterais vous parler.

À peine a-t-elle avancé d'un pas que le guerrier lui saute dessus à la vitesse de l'éclair, confisquant sa hache d'une main et serrant sa gorge de l'autre.

— Vous savez où il se trouve, dit-il, son visage à quelques centimètres du sien. Je le lis dans vos yeux.

— Votre haleine est pire que celle du varkule, lui répond-elle calmement.

— Parlez ! insiste le Guerrier Dragon. Ou vous allez mourir !

— Je ne vous le dirai jamais, réplique la vieille femme, le regard plein de défi.

— C'est bien ce que je pensais, dit le Guerrier Dragon en libérant Esmée. Je vais devoir vous *forcer* à parler.

— Vous brûlerez en enfer bien avant que je ne vous dise quoi que ce soit !

Le guerrier pointe le menton en direction de Yann et deux soldats s'avancent aussitôt pour s'emparer de lui. L'épée brandie, le jeune homme tente de les garder à distance, mais un simple coup de lance la lui arrache des mains. L'un des deux hommes le saisit par les cheveux et pose une lame sur sa gorge.

— Dites-nous où est caché le masque, dit le Guerrier Dragon, ou il meurt.

— Attendez ! répond Esmée, affolée. Ne lui faites pas de mal !

— Vous avez ma parole, vieille femme. Donnez-moi le masque et j'épargnerai sa vie.

— Ne fais pas ça ! hurle Yann.

Pâle comme la mort, sa grand-mère hésite quelques instants.

— Il est sous le plancher, finit-elle par avouer, le souffle court. Derrière le coffre, dans la cuisine.

D'un signe de tête, le Guerrier Dragon envoie un de ses hommes vérifier.

*J'ai besoin de toi.* Les yeux fermés, Yann se concentre pour contacter Firepos.

*Arrivée au village, je plonge sur Varlot et lâche une boule de feu. D'un bras, il se pro-*

*tège le visage, mais ne peut retenir un grognement de douleur. Je continue mon bombardement et lui envoie la suivante sur le dos. Sous le choc, il tombe à genoux. C'est encourageant, mais je n'arriverai pas à le retenir encore très longtemps.*

*Des cris s'élèvent de la place. Les villageois arrivent à contrer l'attaque de l'ennemi, mais la férocité de leurs adversaires est implacable.*

*Une violente douleur me transperce l'aile. Je repère le soldat qui a tiré. Il ne me touchera plus. La prochaine boule de feu est pour lui...*

*Yann a besoin de moi ! Je ressens son appel avec autant d'intensité que la douleur.*

Le soldat sort de la maison d'Esmée en courant, un petit sac en toile de jute entre les mains.

— Je l'ai trouvé, général Gor !

*Maintenant je connais son nom,* pense Yann. *C'est une information importante.*

Le Guerrier Dragon retourne le sac pour en vider le contenu sur le sol.

— Qu'est-ce que ça veut dire ? rugit-il.

Seule une partie du masque est présente.

Fou de colère, Gor jette le morceau au visage d'Esmée.

— Où se trouve le reste ? aboie-t-il.

Avant de répondre, Esmée croise le regard de Yann. L'échange ne dure pas plus longtemps qu'un battement de cœur, mais il est lourd de sens.

— C'est tout ce que j'ai, murmure-t-elle en secouant la tête.

Gor se retourne pour dévisager Yann, les yeux plissés, puis il sourit.

— Alors, vous ne me servez plus à rien…

Il pivote à la vitesse de l'éclair et frappe la vieille femme d'un revers de son épée.

Avec un hoquet de surprise, Esmée

s'écroule aux pieds du guerrier.

— Non ! s'exclame Yann dans un hurlement de désespoir.

— On y va, annonce Gor à ses hommes. On ne trouvera rien de plus ici.

D'un violent coup de pied dans les côtes, un des soldats envoie Yann au tapis. Roulé en boule dans la poussière, il assiste, impuissant, au départ du Guerrier Dragon. Une fois seul, il rejoint Esmée en rampant.

— Grand-mère ?

Effondrée dans l'encadrement de la porte, elle tient son châle contre la blessure. D'une caresse, Yann repousse une mèche des yeux d'Esmée et glisse un bras sous sa tête.

— Je vais panser ta blessure, dit-il. Tu me diras quelles herbes utiliser.

— C'est trop tard pour les herbes, mon garçon, répond sa grand-mère en grimaçant de douleur. Ce que j'ai vu dans les osselets maintenant est un être maléfique qui se sert de Gor pour retrouver le Masque de la Mort. Il ne doit pas y arriver ! Ou le chaos régnera sur Avantia...

Submergé par le chagrin, Yann ne sait pas quoi dire. Il ne peut que serrer ses doigts fragiles.

Rassemblant ses dernières forces, Esmée lui chuchote encore quelques mots :

— Va à Colweir.

— Colweir ?

C'est une ville située à l'est de Forton. Yann ne connaît personne là-bas.

— Trouve... le cartographe, ajoute-t-elle dans un souffle.

La main de la vieille femme relâche peu à peu son étreinte, puis tombe sur le sol.

Esmée vient de rendre l'âme.

Après avoir essuyé ses larmes, Yann porte le corps de sa grand-mère à l'intérieur de la maison et la dépose délicatement devant le feu de cheminée.

Les derniers mots d'Esmée ne cessent de résonner dans son esprit. *Va à Colweir. Trouve le cartographe.* Mais qui est ce cartographe ? Quel est le rapport avec le masque ?

Un cri perçant lui parvient soudain de l'extérieur et, d'un coup de bec, Firepos ouvre la porte à la volée.

Yann remarque la flèche dépasser de son aile et une traînée de sang dégouliner sur ses plumes.

— Ne bouge pas, Firepos. Laisse-moi faire.

Yann commence par briser la tête de la flèche puis, tout en maintenant fermement l'aile d'une main, tire d'un coup sec. Les plumes de l'oiseau géant s'enflamment et la blessure cicatrise aussitôt.

Agenouillé au bord de la fosse qu'il

vient de creuser, Yann pose un dernier baiser sur le front de sa grand-mère, puis il détache le ruban rouge de ses cheveux gris et le noue à son poignet.

— Adieu, grand-mère, dit-il en tirant la couverture sur son visage. Merci pour tout.

Yann retourne à l'intérieur pour rassembler quelques affaires. Deux objets pourraient s'avérer utiles au cours de son voyage, deux objets ayant appartenu à son père : une boussole en argent et la loupe de cristal, une pierre blanche rectangulaire qui devient translucide quand on regarde à travers. Pendant son enfance, Yann aimait observer les montagnes avec la loupe de son père : à travers le cristal, elles semblaient presque à portée de main.

Yann jette un dernier regard vers le cottage avant de prendre la route du village.

Le bruit des combats a cessé. Il n'entend plus que le crépitement des flammes et les gémissements des blessés.

Un homme le dépasse en courant, une cuvette d'eau entre les mains et s'agenouille près d'un jeune garçon. Malgré le sang qui lui recouvre le visage, Yann reconnaît son ami Ben…

C'en est trop pour lui. Il fait demi-tour et quitte le village au pas de course. Il sait que l'attaque d'aujourd'hui est liée à la mort de son père. Il ne peut pas s'empêcher de penser que sa grand-mère et les autres seraient peut-être encore en vie s'ils avaient détruit le masque au lieu d'en dissimuler les morceaux. Un sentiment de culpabilité l'envahit…

— Emmène-moi loin d'ici, Firepos.

*Un brouillard de chagrin embrume l'esprit de mon Cavalier. Il a besoin d'un peu de temps. Je le conduis dans un lieu que nous connaissons bien : un flanc de montagne isolé du monde. Les heures passent. Yann pleure les morts de son village et celle de la courageuse Esmée. La nuit finit par tomber. Nous devrons partir dès l'aube. Colweir nous attend.*

*Chapitre 4*

# La course

Lorsque Yann se réveille aux premières lueurs de l'aube, Firepos est déjà levée. Debout près de son amie, il contemple le royaume d'Avantia.

— Firepos, je dois honorer les dernières volontés de grand-mère…

En grimpant sur le dos de l'oiseau-flamme, Yann se sent soulagé d'avoir un objectif précis à atteindre. Chercher le cartographe lui occupera l'esprit.

— Colweir, nous voilà ! s'écrie-t-il.

Pendant le voyage, de nombreuses questions se bousculent dans la tête de

Yann. *Le cartographe saura-t-il que je le cherche ? Qu'est-ce qu'il sait à propos du masque ?*

Colweir est à deux jours de marche, mais il faut beaucoup moins de temps à Firepos pour couvrir la distance.

Situé en bordure de la Rivière Sinueuse, le bourg est un véritable carrefour commercial pour toute la région est d'Avantia. Arrivés au fleuve, il ne leur reste plus qu'à suivre son cours pour rejoindre la ville.

Soudain, un bruit de tambour se fait entendre. Au détour d'une courbe de la rivière, Yann voit ses pires craintes confirmées : l'armée de Gor se dirige aussi vers Colweir ! Il tire la loupe de cristal de sa poche et observe la colonne de plus près : les soldats avancent à un rythme effréné, encouragés par le battement des tambours de guerre.

Firepos s'éloigne du fleuve et suit la progression de l'armée en prenant soin de se cacher derrière une crête rocheuse. Tout à coup, Yann se souvient : il a entendu du bruit dans un buisson juste avant la mort d'Esmée. C'était sans doute un des soldats de Gor, resté pour l'espionner !

Voilà pourquoi le Guerrier Dragon lui a laissé la vie sauve : il se doutait que la vieille femme n'accepterait de parler qu'à une personne de confiance !

*C'est moi qui les ai conduits jusqu'ici*, réalise le jeune homme avec effroi.

— On doit absolument atteindre le bourg avant eux ! dit-il à l'oiseau-flamme.

En quelques battements d'ailes vigoureux, Firepos laisse l'armée derrière elle et, dix minutes plus tard, Yann distingue les premiers toits de chaume.

Les deux amis dépassent enfin les premières maisons, puis amorcent leur descente vers une place située en bordure du fleuve. Tout près, un pont de bois enjambe le cours d'eau. Yann comprend aussitôt que, pour entrer dans la ville, Gor n'aura pas d'autres choix que de passer par là.

C'est jour de marché aujourd'hui et de nombreux stands recouvrent les pavés. À la vue du magnifique oiseau-flamme qui atterrit au milieu d'eux, les villageois se dispersent en poussant des hurlements.

— N'ayez pas peur ! leur crie Yann. Elle ne vous fera aucun mal.

Une jeune fille de son âge, dont les cheveux sont si blonds qu'ils paraissent presque blancs, s'approche de l'oiseau-flamme, une expression de curiosité sur le visage.

— Gwen, non ! lui crie un garçon, caché derrière un tonneau.

Blond également, il lui ressemble beaucoup.

— Tout va bien, Gaël, réplique la jeune fille.

*Ce sont sûrement des jumeaux*, pense Yann.

Tendant la main, Gwen se met à caresser les plumes chatoyantes de l'oiseau-flamme. Yann n'est pas sûr qu'il se serait montré aussi courageux à sa place.

— Elle est magnifique, lui dit-elle avec un sourire.

Rassurés, les villageois s'avancent à leur tour et forment un cercle autour de la créature. Profitant de leur attention, le jeune homme se met debout sur le dos de Firepos.

— Vous devez quitter Colweir ! Une armée approche. Ces soldats ont détruit mon village et décimé tous ses habitants.

Les villageois échangent des regards intrigués.

— Vous voulez nous éloigner de la ville, intervient un homme au regard hostile. Et voler tout ce qui nous appartient !

— Qu'est-ce que vous attendez, espèces de froussards, hurle à son tour une vieille femme. Chassez donc ce voleur et sa créature diabolique de notre ville !

— Allez-vous-en ! s'exclame la foule.

— Vous ne comprenez pas...

Mais les cris des villageois couvrent la suite de sa phrase.

*Une corne de guerre retentit non loin de là. La terre tremble du martèlement de centaines de pieds. Je me tourne vers le fleuve et je vois des soldats apparaître de l'autre côté du pont. Ouvrant la marche, les varkules semblent assoiffés de sang. Derrière la colonne se dresse Gor, monté sur Varlot, l'étalon noir.*

*D'un cri perçant, je sonne l'alerte !*

Des hurlements s'élèvent de la foule à la vue des forces amassées de l'autre côté du pont.

*Je suis arrivé trop tard*, pense Yann avec un sentiment d'horreur. *Tout est de ma faute.* Toujours sous l'apparence d'un cheval, Varlot vient se placer devant l'armée, face aux villageois, puis pousse un hennissement hors du commun.

Sans attendre de voir la suite, Yann dirige Firepos vers la place du marché et atterrit sur un toit au-dessus des villageois.

— Rassemblez vos armes ! leur hurle-t-il. Formez les rangs !

Mais aucun habitant ne l'écoute. Pris de panique à la vue de la Bête de Gor, ils courent se réfugier dans les maisons.

Une fois la place vidée, Yann tourne les yeux vers la rivière.

— Il ne reste plus que nous, on dirait, commente-t-il en jouant avec le ruban rouge attaché à son poignet. Si on réussit à retenir l'ennemi, les villageois auront peut-être le temps de s'enfuir dans la campagne.

Alerté par un bruit, Yann se retourne et ne peut s'empêcher de sourire devant ce qu'il voit : les hommes et les femmes de Colweir remontent les ruelles en direction de la place, des haches, des épées, des fourches et des faux entre les mains. Au même instant, des archers apparaissent aux fenêtres et sur les toits des maisons.

Un homme armé d'une épée en dents de scie s'extirpe de la foule et les défenseurs forment les rangs derrière lui. D'un petit signe de tête, il salue Yann.

Un rugissement s'élève de l'autre côté de la rivière : la transformation de Varlot est terminée et la Bête est impatiente de se battre.

Firepos s'envole à nouveau vers la rivière. Plongé jusqu'à la taille dans l'eau, Varlot les attend de pied ferme, muni de deux grands seaux.

— À l'attaque ! hurle Yann.

Alertés par le cri perçant de Firepos, les soldats du pont lèvent leur bouclier tandis que des flammes apparaissent aux extrémités de ses ailes. C'est le moment que choisit Varlot pour plonger les seaux dans l'eau de la rivière et en projeter le contenu sur l'oiseau-flamme. Prise par surprise, Firepos ne parvient pas à éviter son attaque et l'eau se déverse sur elle, étouffant les flammes de ses ailes.

— Dépêchez-vous de traverser ! aboie le Guerrier Dragon.

Ébrouant ses plumes, Firepos s'apprête à un nouveau passage, mais il est trop tard : les premiers soldats envahissent déjà la place du marché et forment des rangs serrés.

— En avant ! hurle le général en les rejoignant avec le reste de son armée. Exterminez-les !

— Tirez ! ordonne au même instant le villageois à l'épée dentelée.

Des flèches noircissent le ciel avant de s'abattre sur le bloc de boucliers.

Son énergie retrouvée, Firepos arrive à projeter une nouvelle boule de feu sur les soldats. Elle rebondit au sol et roule à travers leurs rangs, dispersant les hommes sur son passage.

Puis l'oiseau-flamme atterrit en plein milieu de la place. Yann bondit à terre et tire son épée. Tournant la tête vers les défenseurs, il lit dans leur regard une détermination de fer. *Le temps est venu de se battre !*

*Chapitre 5*

# Gwen

L'épée au poing, Yann observe l'avancée implacable des soldats. De chaque côté, les varkules les escortent, l'échine hérissée et les crocs dégoulinant de bave.

Tandis que Firepos s'envole pour rejoindre son poste, son absence à ses côtés donne à Yann l'impression d'être plus vulnérable.

Les hommes de Gor ne sont plus qu'à une dizaine de pas, mais charger maintenant condamnerait les villageois à une défaite rapide.

— Prêt ? lance-t-il par-dessus son épaule.

— On est avec toi, s'écrie l'un des défenseurs.

De nombreuses acclamations se joignent à lui et Yann sent son cœur se gonfler de courage. Saisissant son épée à deux mains, il prend une profonde inspiration.

— Chargez ! hurle-t-il.

Emportés par leur élan, les habitants de Colweir se jettent dans la mêlée. Yann esquive deux estocades et abat son épée sur un soldat, mais sa lame glisse sur le cuir de son armure. L'homme lâche sa lance et tire un sabre de son fourreau. D'un bond sur le côté, Yann évite d'un cheveu la botte fatale, puis réplique aussitôt. Les deux lames s'entrechoquent violemment et glissent l'une contre l'autre jusqu'à la garde. Avec un large sourire, le soldat entortille son sabre autour de l'épée de Yann et envoie le jeune homme au tapis. Mais, dans un même mouvement, Yann roule sur le dos et fauche les jambes de son adversaire qui, surpris par cette prise inattendue, trébuche vers l'avant et vient s'embrocher sur l'épée de son ennemi.

*Encore un mort,* pense-t-il amèrement. *Mais est-ce que j'ai le choix ?*

Un soldat colossal armé d'une épée à deux mains se précipite vers lui. Sa première attaque est brutale et Yann bondit en arrière, sans même essayer de la bloquer. Le géant lève à nouveau son arme en direction du crâne de son adversaire…

Une ombre passe soudain au-dessus des combattants. D'immenses serres s'emparent du soldat et l'emportent dans les airs. Quelques mètres plus loin, Firepos jette l'homme entre les pattes d'un varkule.

— Repliez-vous ! Repliez-vous ! s'exclame le villageois à l'épée dentelée.

Il n'a pas le temps d'en dire plus : une flèche d'arbalète le frappe en pleine poitrine et le propulse dans un étal de fruits.

Yann tourne la tête et réalise que la ligne de défense est rompue. Les hommes de Gor prennent le contrôle de la place dans l'instant qui suit et encerclent les dernières poches de résistance.

*Tout est fini,* se dit-il. *J'ai échoué.*

— Arrêtez le combat ! rugit le Guerrier Dragon en pénétrant sur la place monté sur Varlot, à nouveau changé en étalon.

— Merci de nous avoir conduits jusqu'ici, mon garçon, ajoute Gor d'une voix suffisamment forte pour que tout le monde entende.

— Vous m'avez espionné, s'exclame Yann, fou de rage.

— C'est la guerre, réplique le Guerrier Dragon.

Un jeune villageois aux cheveux noirs avance d'un pas.

— Nous ne sommes pas en guerre ! s'écrie-t-il. Nous ne savons même pas qui vous êtes !

De la sacoche de sa selle, Gor tire le morceau de masque trouvé chez Esmée et le brandit devant lui.

— Tant que je n'aurai pas retrouvé tous les morceaux du Masque de la Mort, Avantia connaîtra la souffrance ! dit-il. Et maintenant, amenez-moi le cartographe !

— Et pourquoi on devrait vous obéir ? demande le jeune homme aux cheveux noirs.

— Posez-vous donc cette question, répond le général, un sourire sur les lèvres. Qu'est-ce qui est préférable : livrer le cartographe ou condamner tous ceux que vous aimez à une mort atroce ?

— Ne l'écoutez pas ! intervient Yann. Il vous tuera de toute façon !

Les yeux fixés sur ses pieds, le jeune homme réfléchit un instant.

— Très bien, finit-il par dire. Je vais vous conduire à lui.

— Espèce de traître ! crie une femme dans la foule. Tu ne sais pas ce que tu…

Les mots meurent sur ses lèvres tandis qu'une flèche vient se planter dans sa poitrine.

— Bon travail, commente le général Gor. Et maintenant, quelqu'un d'autre a une objection à faire ?

Le Guerrier Dragon observe avec satisfaction les villageois silencieux, puis il pose les yeux sur Yann.

— Tu ne m'es plus d'aucune utilité, maintenant, dit-il avant de se tourner vers ses arbalétriers. Abattez-le !

Yann n'hésite pas un seul instant. En un éclair, il siffle Firepos, qui plonge aussitôt dans sa direction. Au moment où le soldat ajuste son arbalète, le jeune homme bondit dans les airs et empoigne la serre de l'oiseau-flamme.

— Espèce d'incapable ! hurle le général Gor.

Yann attend que la place soit hors de vue pour se laisser tomber sur un toit de chaume.

— Je dois trouver le cartographe avant les hommes de Gor, dit-il à Firepos. Reste cachée jusqu'à ce que je t'appelle.

D'un bond, Yann rejoint la ruelle étroite.

Il jette un coup d'œil furtif de l'autre côté et aperçoit une boucherie à quelques mètres. La chance est avec lui : au dessus de la boutique voisine est suspendu un panneau où il peut lire *cartographe d'Avantia*. Deux hommes du général Gor se tiennent de chaque côté de la porte.

*Trop tard !* se désole Yann.

Le terrible Guerrier Dragon surgit

soudain hors de la maison.

— Excellent, dit-il. On a ce qu'il nous faut.

Dans sa main gauche se tortille Gaël, le garçon blond du marché, et dans son gantelet droit, il serre un rouleau de parchemin.

— Cette carte indique où se trouvent les autres morceaux du masque, ajoute le général Gor.

— Est-ce qu'on doit tuer ce garçon ? demande l'un des soldats en tirant une dague de sa ceinture.

Gaël laisse échapper un gémissement.

— Pas encore, répond le général. Le cartographe a peut-être disparu, mais son apprenti pourra nous être utile... Maintenant, quittons ce trou à rat !

De retour sur la place, Gor jette violemment Gaël en travers de la selle d'un des varkules.

— Occupez-vous de lui ! ordonne-t-il.

Surgissant d'une ruelle, Gwen bondit vers eux, un tisonnier à la main.

— Laissez mon frère tranquille !

Avec un rire moqueur, l'un des soldats lui barre la route, sa lance pointée vers elle. Mais, d'un mouvement gracieux, elle plonge sous la pointe et lui assène un coup de barre de fer dans le genou. L'homme pousse un cri de douleur et s'écroule en se tenant la jambe. Mais d'autres soldats s'emparent d'elle.

Gor se tourne alors vers la foule terrifiée.

— Si l'un de vous est assez fou pour nous suivre, sachez que nous tuerons le garçon après lui avoir fait subir les pires tortures.

Il fait signe à ses archers et ajoute :

— Réduisez-moi ça en cendres.

— Je vous en prie ! s'écrie quelqu'un dans la foule. Laissez-nous en paix !

— Feu ! ordonne le général.

Des centaines de flèches enflammées

traversent le ciel en un lent arc de cercle avant de s'abattre sur les toits de chaume. Et bientôt, plusieurs dizaines d'incendies ravagent le village.

— En avant ! rugit Gor en remontant en selle.

Alors que les soldats quittent les lieux, les villageois se ruent vers la rivière avec des seaux. Libérée par les soldats, Gwen s'élance vers la boutique du cartographe mais Yann la retient par le bras.

— Lâche-moi ! crache-t-elle, le visage rouge de colère. T'es qui, d'abord ?

— Je m'appelle Yann, répond-il. Ces hommes ont aussi attaqué mon village et tué ma grand-mère.

— C'est *toi* qui les as conduits ici, dit-elle. *Toi* encore qui les as laissés emporter mon frère !

Repliant ses ailes dans une bourrasque d'air chaud, Firepos vient se poser près de son Cavalier.

— On va tout faire pour le trouver et

le sauver, dit Yann. Je te le promets.

— Je n'ai pas besoin de ton aide.

Surpris, Yann la regarde s'éloigner en courant.

— Tu ne peux pas t'opposer à l'armée du général Gor, lui crie-t-il. Pas toute seule !

— Qui t'a dit que j'étais seule ? lance-t-elle avant de disparaître au coin de la rue.

Firepos s'accroupit pour permettre à Yann de grimper sur son dos.

*On doit sauver Gaël,* dit-il à son amie. *C'est la seule façon de me faire pardonner tout ce qui est arrivé ici à cause de moi.*

D'un bond majestueux, Firepos prend son envol.

Laissant la ville en flammes derrière eux, les deux amis mettent le cap sur les riches pâturages qui l'entourent. L'armée de Gor traverse la plaine et se dirige vers la forêt qui borde l'horizon.

— Plus vite, Firepos ! la presse Yann.

Soudain, une ombre tombe sur eux et le jeune homme frissonne. Un orage se prépare ? Levant les yeux, il découvre juste au-dessus de sa tête une masse recouverte de poils gris.

— Qu'est-ce que… ?

La créature vire de bord et vient se placer au même niveau que l'oiseau-flamme. La vision que découvre Yann lui coupe le souffle.

Il s'agit d'un loup géant. Son corps svelte est recouvert d'une fourrure grise et ses yeux fixent l'horizon d'un regard perçant. À l'arrière de ses épaules musculeuses se déploient deux ailes de chauve-souris battant l'air avec grâce.

Et sur son dos se trouve Gwen.

## *Chapitre 6*

# Le retour de Derthsin

*Un rayon de lumière semble enfin percer les ténèbres de ces derniers jours : nous avons trouvé Gulkien et Gwen, sa Cavalière. Notre mission sera plus facile à mener maintenant que nous sommes plus nombreux !*

— Mais… C'est une Bête ! balbutie Yann.

— Bien vu, lui dit Gwen, une lueur d'amusement dans les yeux. Je t'avais dit que je n'étais pas seule.

— Elle t'a choisie ? Tu es sa Cavalière ?

— Ça en a tout l'air, non ? Il s'appelle Gulkien.

D'un hochement de tête, l'énorme créature salue Yann. Mais le jeune homme n'est pas vraiment rassuré : ses babines retroussées laissent apparaître de longs crocs menaçants.

— Lui, c'est Yann, chuchote Gwen à l'oreille de sa Bête. C'est un ami, ajoute-t-elle avec un regard furtif vers Yann. Enfin, je crois.

Pris de court par cette remarque, le jeune homme se contente de hocher la tête.

— Et moi, je m'appelle Gwen, ajoute-t-elle.

— Je sais. Est-ce que ça veut dire que tu me fais confiance ?

Son bec ambré tourné vers Gulkien, Firepos lance un cri perçant auquel le loup répond par un hurlement.

— Si Gulkien fait confiance à ta Bête, alors ça me suffit pour l'instant.

Tandis que sa longue cape voltige autour d'elle, le regard de Yann est attiré par la rangée de hachettes suspendue à sa ceinture. Plongeant une main dans un repli secret de sa cape, Gwen tire une fine rapière dont la garde est sculptée en forme de gueule de loup.

— Alors, si je comprends bien, tu vas m'aider à retrouver ton frère ? demande Yann.

— Non, mais je veux bien que *tu* m'aides à le libérer, répond la jeune fille en souriant.

Quelles chances avait-il de tomber sur un autre Cavalier ? Une telle coïncidence continue de l'étonner. Sa grand-mère lui avait dit de trouver le cartographe à Colweir, mais Gwen faisait-elle également partie du plan ?

Le soleil disparaît peu à peu derrière la forêt et une étoile solitaire s'allume au-dessus de l'horizon.

— Alors, le cartographe est ton père ?

demande-t-il d'une voix forte pour couvrir le bruit du vent.

— Jonas n'est pas notre vrai père, dit-elle. On nous a abandonnés quand nous étions bébés, Gaël et moi. Il nous a trouvés dans un grenier à foin alors qu'il cherchait un endroit pour passer la nuit. Il nous a nourris et protégés du froid. Après ça, on ne l'a plus quitté. Il avait pour projet de cartographier le royaume, alors on l'a suivi d'un bout à l'autre d'Avantia. Il a formé Gaël pour qu'il puisse prendre sa suite. Et puis il a disparu il y a plusieurs années. Il a expliqué dans une lettre qu'il n'avait plus grand-chose à nous apporter.

— Qu'est-ce qu'elle a de spécial, la carte qu'a volée Gor ? demande Yann.

— On va se poser un instant. De là-haut, on pourra garder un œil sur Gor.

Gulkien atterrit en douceur sur ses pattes puissantes, puis se penche en avant pour aider Gwen à descendre. De son côté, Firepos replie ses ailes et Yann bondit à terre.

— Cette carte est la seule couvrant l'ensemble du royaume d'Avantia, explique enfin Gwen. Selon Jonas, elle est censée montrer l'emplacement d'un pouvoir caché même si, vue de l'extérieur, elle ressemble à n'importe quelle carte.

— Il ne t'a jamais dit de quoi il s'agissait ?

Elle secoue la tête en évitant de croiser son regard.

— Il disait que je le saurais en temps voulu.

— As-tu déjà entendu parler du Masque de la Mort ?

— Seulement dans les contes que Jonas nous racontait quand on était petits. Il paraît qu'il était capable de contrôler les Bêtes d'Avantia. Mais il a été perdu, c'est ça ?

— Volontairement perdu, je pense,

dit-il en hochant la tête. Je veux dire qu'il a été caché. On l'a trouvé juste après que mon père a combattu... Derthsin.

— Derthsin, répète Gwen dans un frisson. Tu l'as vu ?

— Oui. Il a tué mon père et capturé ma mère. Firepos lui a définitivement réglé son compte et ma grand-mère a récupéré le masque. Elle l'a brisé en quatre morceaux et les a cachés. Peut-être que Jonas l'a aidée, d'ailleurs. Elle devait sûrement le connaître, sinon pourquoi est-ce qu'elle m'aurait envoyé à sa recherche ?

— Il y a un truc qui m'échappe, dit Gwen en fronçant les sourcils. Pourquoi est-ce qu'ils ont pris la peine de disperser et de cacher les morceaux du masque, pour ensuite indiquer où ils se trouvent sur une carte ?!

— C'est toi qui connais Jonas, répond Yann. Est-ce qu'il avait des... talents particuliers ?

— C'est vrai que ce n'était pas un cartographe comme les autres, dit-elle, un petit sourire sur les lèvres. Peut-être que cette carte a un secret...

— Tu penses à quoi ?

— Je ne sais pas, dit-elle en haussant les épaules. Ça sera à nous de le découvrir... si on arrive à la récupérer ! Mais on doit y arriver, hein ? On doit empêcher Gor de tout détruire sur son passage.

*Oui,* songe Yann en la regardant grimper à nouveau sur le dos de son loup. *Et on n'aura pas d'autre choix que de se battre à nouveau.*

Firepos et Gulkien atterrissent côte à côte dans l'herbe haute, à la lisière de la forêt. Le feuillage des arbres est si épais que Yann ne peut voir au-delà de quelques pas, mais le sillon creusé par le passage des soldats est parfaitement visible.

— On va devoir laisser les Bêtes ici,

dit-il. Elles risqueraient d'être piégées par les branches.

— D'accord, dit Gwen. Mais on va se contenter de repérer leur campement pour l'instant. Je ne veux prendre aucun risque avec la vie de mon frère.

Les deux Cavaliers pénètrent à pas de loup dans la forêt. Sous l'épais feuillage, l'air est beaucoup plus froid et humide. Soudain, Gwen se fige et lève la main. Yann s'arrête aussitôt et entend des voix étouffées. Une odeur de feu de bois vient lui chatouiller les narines. Tant mieux : cela signifie que la brise souffle dans leur direction et que les varkules ne les sentiront pas approcher.

Leurs pas finissent par les conduire à l'orée d'une clairière. Au-dessus des arbres, la lune éclaire chaque recoin du campement de l'ennemi. Rassemblés çà et là en petits groupes, les soldats mangent avec avidité.

Mais pas de Gaël en vue.

Le général Gor entre soudain dans leur champ de vision. Sous son bras, il tient son casque en forme de dragon. Ses traits sont épais et cruels. S'arrêtant un instant près d'un soldat, il grimace en soulevant une de ses bottes pleines de boue.

— Nettoie-moi ça en vitesse, espèce de chien galeux ! aboie-t-il. Une longue marche à travers les Gorges Brisées nous attend demain.

Le Guerrier Dragon rejoint ensuite une tente dressée à l'écart devant laquelle luit un grand feu. Passant discrètement d'un tronc à l'autre, Gwen et Yann viennent se poster à quelques pas de lui. Devant les flammes ondoyantes, Gor pose un genou à terre et ferme les yeux.

— Apparaissez, Seigneur d'Avantia ! s'exclame le général.

Les flammes vacillent un instant, puis s'intensifient, s'élevant comme une colonne de fumée. *C'est de la magie !* se dit Yann.

Le feu diminue, puis des flammes bleutées à l'éclat surnaturel dessinent une silhouette... humaine. De sa cachette, Yann voit le visage couvert de cloques et de cicatrices. Il y a quelque chose de terriblement familier dans cette image surgie des flammes...

Retenant un cri d'horreur, Yann reconnaît soudain l'être qui se trouve devant lui. Aucun doute, il a déjà vu ce visage.

*Derthsin. L'homme qui a tué mon père.*

*Chapitre 7*

# Le médaillon

— Salutations, Maître, dit le général Gor.

— Le masque est-il en votre possession ? siffle l'image de Derthsin.

— J'implore votre pardon, Maître, mais je ne l'ai pas encore. Seul un morceau se trouvait à Forton. Il semblerait que la vieille femme ait caché les autres à travers le royaume avec l'aide d'un cartographe de Colweir.

Voyant un rictus de colère apparaître tout à coup sur le visage de Derthsin, Gor s'empresse de continuer :

— Mais j'ai une bonne nouvelle ! On a mis la main sur une carte indiquant où sont cachés les morceaux.

*C'est bien Derthsin, qui se sert de sa magie pour communiquer à travers le feu. Mais comment est-ce qu'il a survécu au bain de lave dans lequel Firepos l'a plongé ?*

— Général Gor, siffle-t-il. Brûlez chaque village, massacrez tous les paysans s'il le faut, mais récupérez mon masque !

— Je ne faillirai pas à ma tâche, répond le guerrier d'une voix tremblante. Il me faut juste un peu plus de temps.

— Très bien. Mais si vous échouez, je retournerai Varlot contre vous.

*C'est bien ça ! La Bête se trouve sous le contrôle de Derthsin !*

— Bien, Maître.

L'image de Derthsin s'évanouit lentement dans le crépitement des braises. Son maître parti, Gor se retire sous sa tente, puis en ressort l'instant d'après,

la carte dans une main et le morceau de masque dans l'autre. Déroulant le parchemin sur le sol, il l'observe de plus près avant de pousser un juron.

— Amenez-moi le prisonnier ! hurle-t-il en direction de ses hommes.

Deux soldats traversent le campement en tenant fermement le bras de Gaël, puis le jettent aux pieds de leur général.

— Laissez-nous.

Le Guerrier Dragon attrape le garçon par les cheveux et le remet debout d'une violente secousse.

Furieuse, Gwen lève sa hachette, mais Yann retient son bras en secouant la tête. La suite des événements pourrait être intéressante.

— Je crois que nous avons un problème. La carte ne me dit pas ce que je souhaite savoir, dit-il en poussant le garçon vers le parchemin déroulé. Alors, dis-moi, quel est son secret ?

— Je ne comprends pas, balbutie

Gaël. Jonas ne m'a jamais appris à lire cette carte !

C'en est est trop pour la patience du Guerrier Dragon : il jette le morceau de masque au visage du garçon et pousse un cri de rage. Le morceau rebondit et tombe sur le sol.

— Tu vas tout me dire, siffle-t-il entre ses dents. Ou bien, prépare-toi à...

Yann n'a pas le temps de voir le coup partir : une petite hache fuse dans les airs et frôle le visage du général Gor avant de se planter dans un tronc d'arbre. Après une courte hésitation, le Guerrier Dragon s'empare de Gaël, le place devant lui et colle une dague contre son cou.

Tirant sa rapière, Gwen sort de sa cachette et pointe la gorge du général du bout de sa fine lame.

— Lâchez-le !

Yann s'avance à son tour, l'épée au poing.

— Faites un pas de plus et je lui tranche la gorge, menace Gor.

Le regard de Yann se pose sur la carte et le morceau de masque. Si seulement, il pouvait les ramasser discrètement…

Soudain, la terre se met à trembler. À l'orée de la clairière, Varlot a revêtu son armure d'écailles. Saisissant l'arbre le plus proche, il l'arrache du sol et le lance violemment vers Yann.

Le jeune homme plonge sur le côté pour éviter l'arbre transformé en missile. Gwen saisit une des hachettes de sa ceinture et la jette avec force en direction de la Bête, qui pousse un cri de rage. L'épée à la main, Yann porte un coup dans le flanc de la créature, mais la lame rebondit contre l'épaisse carapace.

Varlot riposte par un coup de sabot, qui envoie Yann valser dans un buisson. Malgré une vive douleur au niveau des côtes, il arrive à se relever. Pendant ce temps, Gor ramasse la carte et le morceau de masque, puis entraîne Gaël pour rejoindre le campement.

— Surtout, ne lui dis pas comment utiliser la carte ! lance Gwen à son frère.

Varlot arrache une branche à un arbre et s'en sert comme d'une massue. D'une galipette, Gwen esquive le coup.

— Cours ! hurle Yann à son amie.

— Je ne peux pas partir sans Gaël ! dit-elle en se tournant vers lui.

Dos à la créature, Gwen ne voit pas venir le coup. Du plat de la main, Varlot lui assène une claque monumentale et l'envoie rouler au sol. S'approchant de la jeune fille inconsciente, le monstre lève un sabot menaçant au-dessus de son crâne.

— Non ! s'écrie Yann.

Soudain, une silhouette sombre tombe du ciel. Les ailes repliées, Gulkien atterrit sur le dos de Varlot et enfonce ses crocs pointus dans l'épaule de la Bête.

Profitant de la diversion, Yann court prendre Gwen dans ses bras et s'élance vers la forêt. Peu importe la direction, il n'a qu'une idée en tête : s'éloigner du camp.

Une lumière apparaît au-dessus de sa tête. Son éclat traverse le feuillage des arbres et semble se déplacer au fur et à mesure de sa progression.

*Firepos !*

Elle essaie de le guider vers la sortie ! Réconforté, le jeune homme accélère et finit par sortir des bois. Firepos atterrit devant lui, ses ailes enflammées déchirant l'obscurité de la nuit. Alors qu'il la pose délicatement sur le sol, Gwen reprend ses esprits.

— Où est Gulkien ? demande-t-elle.

— Il n'est pas encore ressorti de la forêt. Il se bat contre la Bête du général Gor.

— Alors on a abandonné mon frère à la mort et, maintenant, c'est au tour de Gulkien ?

— Si Gor avait voulu tuer Gaël, il l'aurait fait depuis longtemps. On n'a pas d'autre choix que d'attendre qu'ils soient sortis de la forêt pour les attaquer par surprise.

Indécise, Gwen plonge son regard dans les bois, les yeux brillants de colère, quand soudain une silhouette se détache de l'ombre.

— C'est Gulkien ! s'exclame-t-elle tandis que le loup les rejoint en quelques bonds.

Il garde une de ses pattes repliées sous lui et ses ailes sont couvertes de profondes écorchures. Gwen enfouit son visage dans sa fourrure.

— Dépêchons-nous de filer, les presse Yann.

Une fois leur Cavalier sur le dos, les deux Bêtes s'élancent au-dessus de la forêt.

— Le général Gor a parlé de traverser les Gorges Brisées demain, dit Yann. On pourrait essayer de leur tendre une embuscade là-bas...

— Oui, je ne vois pas d'autres plans possibles. Mais on ferait mieux de prendre un peu de repos d'ici là, propose Gwen d'une voix lasse. L'armée n'ira nulle part avant l'aube de toute façon.

D'une pression des genoux, elle fait plonger Gulkien en direction d'un cours d'eau et les deux Bêtes atterrissent quelques instants plus tard sur un tapis d'herbe grasse.

Avant de se coucher, Gwen panse la patte blessée de Gulkien. Tandis qu'il la regarde faire, Yann se remémore ce qu'elle a crié à son frère.

— Tu penses que Gaël pourrait finir par montrer à Gor comment utiliser la carte ?

— Il ne sait pas l'utiliser, répond-elle, un sourire triste sur les lèvres. Mais je lui ai dit ça parce que si Gor l'apprend, mon frère ne lui servira plus à rien et…

Le visage de Gwen s'assombrit.

— Je ne t'ai pas vraiment dit la vérité

la dernière fois, ajoute-t-elle. Je connais le secret de la carte... Jonas m'avait dit de n'en parler à personne, même pas à mon frère. Mais maintenant...

Saisissant le médaillon qu'elle porte autour du cou, la jeune fille presse un petit mécanisme. À l'intérieur se trouve un minuscule carré de soie grise.

— Qu'est-ce que c'est ?

— Le seul moyen qui permet de lire la carte que Gor a volée, explique Gwen. Lorsqu'on le déplie et qu'on le superpose au parchemin, ce carré de soie fait apparaître d'autres indications.

— L'emplacement des morceaux du Masque de la Mort ! s'exclame Yann dans un murmure. Après les avoir cachés, Esmée et Jonas ont dessiné cette carte qu'eux seuls pouvaient lire pour les retrouver en cas de besoin !

Gwen acquiesce d'un hochement de tête, puis replace l'étoffe dans le médaillon.

— On doit absolument récupérer cette carte et retrouver les morceaux du masque avant Gor, dit Yann en se frottant les yeux. Mais avant tout, on doit se reposer.

*Mon Cavalier sombre dans le sommeil tandis que Gulkien et moi montons la garde.*

*Je sens une présence maléfique au-delà des bois : le Masque de la Mort. Son appel s'adresse à mon Cavalier. J'espère qu'il ne l'entendra jamais. Son destin consiste à rassembler les morceaux du masque. Mais après ? Je n'ose pas y penser.*

*Comment est-ce possible que Derthsin soit en vie ? Je le revois encore disparaître dans le volcan, englouti par la lave. Je me rappelle aussi ses dernières paroles : une promesse de vengeance...*

*Chapitre 8*

# Dans les Gorges Brisées

Le soleil est déjà haut dans le ciel lorsque les quatre amis survolent enfin les gorges. Seuls quelques filets d'eau ruissellent sur les rochers.

— On va se poser là-haut, propose Gwen en désignant l'endroit précis où les eaux cascadent vers la vallée.

Portant la loupe de cristal à son œil, Yann observe le fond du canyon. Les troupes du général Gor se sont arrêtées au pied des gorges.

— Pourquoi est-ce que Gor hésite ? dit Gwen.

— Les gorges sont dangereuses. L'érosion a rendu les versants du canyon très friables. Peut-être qu'il envisage de passer par un chemin plus sûr…

— Et si c'est le cas, comment est-ce qu'on fera pour les arrêter ? On est que quatre, face à une armée entière ! ajoute-t-elle en shootant dans une pierre.

Yann la regarde rouler en contrebas dans un nuage de poussière.

— Mais on a des alliés de taille ! s'exclame-t-il en montrant les amas de rochers prêts à dévaler les versants du canyon.

Au pied des gorges, les soldats s'engagent d'un pas lourd dans l'étroit canyon.

— On va provoquer ce qu'ils redoutent : un éboulement ! explique Yann.

— Mais Gaël ? demande Gwen. Il pourrait être tué !

— Les rochers ne devront frapper que les soldats de l'arrière-garde. Ensuite, on profitera de la panique pour libérer ton

frère. Firepos pourra descendre en piqué et l'attraper dans ses serres.

Gwen hoche la tête, les mâchoires serrées, puis bondit sur le dos de son loup.

— Gulkien et moi, on s'occupe de l'éboulement. Bonne chance, Yann. Et si ça ne marche pas…

— Ça va marcher, dit-il en tapotant le flanc de Gulkien, un petit sourire sur les lèvres.

Le loup s'envole et part se cacher au sommet du versant opposé.

À travers la loupe de cristal, Yann voit les troupes de Gor progresser au fond du canyon.

Il entend soudain des cris terribles. Environ cinquante mètres derrière le Guerrier Dragon, un groupe de soldats paniqués pointe du doigt un des deux versants : des centaines de pierres et un énorme rocher dévalent la paroi. En quelques secondes, l'éboulement ensevelit l'arrière-garde de la colonne. Le plan se déroule comme prévu : le reste de l'armée interrompt son avancée et s'éparpille aussitôt.

— Prête, Firepos ?

La Bête déploie ses ailes, puis bondit de son perchoir dans un cri perçant.

*Nous nous dirigeons droit vers l'enfant, assis devant le Guerrier Dragon. Tournés vers l'armée en déroute, ils ne nous voient pas arriver.*

*Tandis que je m'approche, le garçon pivote soudain la tête. Sa bouche s'ouvre dans un cri silencieux. Je rabats mes ailes au dernier instant et lève mes serres dans sa direction. Ne t'inquiète pas. Je suis là pour t'aider.*

Le général Gor se retourne subitement. D'une main, il jette Gaël à terre et, de l'autre, tire une épée de son fourreau.

À la vue de l'éclat métallique, Yann essaie de modifier la trajectoire de Firepos, mais c'est trop tard : l'oiseau-flamme pousse un cri de douleur. D'un bond, Gor quitte sa selle pour permettre à son cheval de se métamorphoser.

Firepos fonce droit vers une des parois du canyon. Elle ne répond plus aux pressions de Yann et sa tête pend mollement en avant.

Ils doivent absolument reprendre de l'altitude ou ils vont percuter la falaise de plein fouet!

— Allez, ma belle ! lui hurle-t-il en tirant désespérément sur les plumes de son cou.

L'oiseau-flamme relève la tête l'espace d'une seconde et, d'un puissant battement d'ailes, parvient à grappiller quelques mètres. Les deux amis frôlent la ligne de crête et Yann pousse un cri de victoire.

— Tu y es arrivée ! s'exclame-t-il.

Gulkien vient se placer à côté de Firepos.

— On doit retourner chercher Gaël !

dit Gwen. Est-ce que Firepos y arrivera ?

L'oiseau-flamme pousse un cri perçant et se met à battre des ailes avec une force renouvelée.

— Tu as ta réponse, je pense ! dit Yann.

Les plumes du ventre de Firepos se couvrent de flammes : la blessure cicatrise.

Prêtes à se battre, les deux Bêtes font demi-tour. Au fond des Gorges Brisées, Varlot attend patiemment ses ennemis. L'épée au poing, Gor pousse Gaël devant lui et le reste de la colonne continue la traversée des gorges à sa suite.

— On ne peut pas laisser ceux-là s'échapper, commente Gwen. Je vais détourner l'attention de Varlot.

Gulkien plonge alors vers le fond du canyon et, les babines retroussées sur des crocs acérées, charge la Bête du général Gor. Couchée sur son énorme cou, Gwen brandit une de ses hachettes.

La force de l'impact jette les deux Bêtes à terre. Gwen bondit à l'écart et attend une occasion pour faire siffler sa hache.

Varlot se relève en titubant et pousse un long cri caverneux dont l'écho fait basculer certaines pierres dans le vide. L'une d'elles frappe Gulkien dans le dos et le loup s'écroule dans un glapissement.

Varlot n'hésite pas une seconde : d'un violent coup de sabot dans l'estomac, il soulève son ennemi du sol et l'envoie rouler contre Gwen.

— Personne ne frappe mon loup ! gronde-t-elle en remontant sur le dos de son ami.

Et avec un cri de guerre, elle lance Gulkien dans une nouvelle charge.

De leur côté, Yann et Firepos foncent vers le Guerrier Dragon.

— Contente-toi d'attraper le garçon,

dit-il à l'oiseau-flamme. Rien d'autre n'a d'importance !

Agrippé d'une main ferme au plumage de Firepos, Yann passe une jambe par-dessus son dos. Il tire son épée et attend que son amie soit descendue assez bas pour se laisser tomber dans le vide. Et tandis qu'il effectue une roulade pour amortir sa chute, son amie saisit Gaël dans ses griffes et l'emporte au loin.

— Vous avez perdu ! dit-il en s'approchant de Gor.

— Pas tant que le morceau de masque sera en ma possession, réplique le général en tapotant le sac suspendu à sa ceinture.

— Vous ne pouvez même pas lire la carte !

Derrière la visière de son casque, les yeux du Guerrier Dragon se rétrécissent.

— Je vais prendre encore plus de plaisir à te tuer que j'en ai eu avec ta grand-mère, dit-il avant de fondre sur Yann, l'épée en avant.

Le jeune homme lève son épée pour parer le coup et parvient à arracher l'arme des mains de son ennemi.

En colère, Gor fonce sur Yann et le plaque au sol, puis il coince le manche de son épée sous son pied et tire une dague de sa ceinture. Attrapant le poignet du général, le jeune homme bloque la trajectoire de la lame.

— Le Seigneur Derthsin m'a raconté que ton père était mort comme un lâche, siffle Gor entre ses dents.

Lâchant la poignée de son épée, toujours coincée sous le pied du général, il saisit une grosse pierre et l'envoie de toutes ses forces contre son casque. Terrassé, le Guerrier Dragon s'écroule.

*Tu mériterais de mourir,* pense-t-il en levant son épée.

Soudain, un hurlement le distrait et il voit Gulkien heurter la falaise de plein fouet avant de tomber inanimé au sol.

— Non ! s'écrie Gwen en se précipitant vers le loup.

Varlot pousse un cri victorieux et fait trembler la terre en frappant le sol de ses sabots de bronze. Yann perd l'équilibre et s'affale à côté du Guerrier Dragon.

— Tue-le ! s'égosille alors le général Gor en pointant d'une main tremblante le visage de son jeune ennemi.

Varlot s'avance d'un pas pesant…

*Chapitre 9*

# Gaël

J'ai déposé le garçon aux cheveux blonds près de la chute d'eau. Ses yeux, sombres comme le charbon, m'observent. Impossible de savoir ce qu'il pense. Il est sain et sauf, c'est le principal. Je n'ai plus qu'un seul moyen de sauver mon Cavalier à présent. Après avoir créé une boule de feu entre mes serres, je la projette sur l'étroit passage par lequel s'écoule la cascade. La roche vole en éclats ! Plus rien ne retient les eaux du lac qui se précipitent en une immense vague vers le fond du canyon. Je plonge à sa suite. Laquelle de nous deux rejoindra mon Cavalier *en premier ?*

Yann rampe sur le dos tandis que Varlot s'approche, le regard haineux.

Un cri perçant résonne au loin. Ce bruit n'attire l'attention de personne, mais Yann, lui, en connaît la signification.

*Un cri d'alerte !*

Le jeune homme tourne les yeux vers l'extrémité du canyon où une cascade d'eau bouillonnante dévale la paroi, charriant une multitude de pierres et de rochers dans son sillage. Précédant la vague de quelques mètres à peine, Firepos vole plus vite que jamais.

Encore étourdi, le général Gor se relève avec peine et tente de s'enfuir, une main crispée sur le sac pendu à sa ceinture. Yann en profite pour le lui prendre juste avant que le mur d'eau les frappe de plein fouet.

Les mains tendues, Yann essaie de trouver une prise quelque part pour se hisser à la surface de l'eau, mais n'en trouve aucune. Tout ce qu'il peut faire, c'est serrer contre lui le sac du général Gor...

Des serres gigantesques plongent dans l'eau, lui encerclent la taille et, alors que ses poumons semblent sur le point d'exploser, l'arrachent du torrent.

— Yann ! Yann ! Tu vas bien ?

Ouvrant les yeux, il découvre le visage de Gwen penché au-dessus de lui.

— Regarde ! ajoute-t-elle.

Il se redresse et observe, depuis les hauteurs du canyon, Varlot lutter contre le courant tumultueux. La Bête se cramponne à un rocher pour ne pas être emportée. Gor, quant à lui, a disparu.

Lentement, Varlot s'enfonce dans les flots glacés.

— Il se métamorphose à nouveau ! s'écrie Gwen.

Sa tête commence à rétrécir et ses

poings reprennent peu à peu la forme de sabots. Finalement, la Bête est emportée par le courant.

Yann rejoint Gwen au bord de la falaise. Il grelotte de froid, mais la chaleur émise par les plumes enflammées de Firepos ne tarde pas à sécher ses vêtements. Un peu plus loin, Gulkien lèche ses plaies. Son corps est couvert d'éraflures et de balafres, mais une flamme intense brûle au fond de ses yeux.

L'armée du général Gor a été vaincue.

— Je n'arrivais pas à y croire ! s'exclame Gaël. Le lac avait l'air de se vider dans le canyon !

Assis près du feu, Yann écoute le jeune garçon tout en savourant le lapin rôti, capturé un peu plus tôt par Firepos. Installés à l'entrée de la grotte, Gulkien et l'oiseau-flamme montent la garde.

— Je suis tellement heureuse que tu sois sain et sauf, dit Gwen à son frère.

Sans parler de la carte et du morceau de masque qu'on a récupérés ! ajoute-t-elle en déroulant le parchemin.

Tandis qu'elle place le morceau de soie par-dessus la carte, des motifs cachés apparaissent sous les yeux de Yann : des dessins représentant les différents morceaux du masque parsèment le parchemin.

Levant les yeux, le jeune homme lance un sourire à ses amis, mais la façon dont Gaël regarde sa sœur obscurcit son visage. Il est jaloux.

— Depuis combien de temps es-tu au courant de tout ça ? demande-t-il à sa sœur.

— Jonas m'a fait jurer de ne rien dire à personne, murmure-t-elle en rougissant.

Gaël hoche la tête avec un petit sourire en coin, comme si sa réponse venait confirmer quelque chose qu'il avait toujours su.

— Et quel pouvoir possède ce masque ? demande-t-il.

— Il donne à son porteur le contrôle total des Bêtes d'Avantia, répond Gwen.

— Avec un tel pouvoir, n'importe qui peut s'emparer du royaume et le diriger d'une main de fer, explique Yann. C'est pour ça qu'on doit trouver les autres morceaux avant que Gor les apporte à Derthsin.

— « On » ? dit Gwen.

Yann reste sans voix quelques secondes.

— Eh bien, je pensais…

— Espèce d'idiot ! l'interrompt la jeune fille en éclatant de rire. Bien sûr que tu peux compter sur nous ! Hein, Gaël ?

Le sourire de son frère est plus hésitant.

— Oui, bien sûr…

— Essayez de vous reposer maintenant, propose Yann. Je vais monter la garde avec Firepos.

— Et moi, je vais dormir avec Gulkien, dit Gwen en s'emmitouflant dans sa cape.

Gaël s'installe près du feu, la tête posée sur son bras replié.

— Et moi, je reste là, murmure-t-il.

Pelotonné contre Firepos à l'entrée de la grotte, Yann contemple le royaume d'Avantia. Le regard tourné vers Forton, il sent son cœur se serrer. En moins de deux jours, il a tout perdu.

Enfin, presque tout. Firepos est toujours là, à ses côtés. *Derthsin ne s'emparera pas d'Avantia. Je ne le laisserai pas faire. Je me battrai au nom de grand-mère, au nom de Papa et de Maman.*

Un bruit attire soudain son attention. Ce n'est que Gaël. Le jeune garçon approche le morceau du masque à la lumière du feu et l'examine attentivement.

*De l'ombre doit naître un héros.* Roulé en

boule, Yann sent la peur envahir son cœur.

D'une façon ou d'une autre, il faudra qu'il apprenne à la surmonter.

À SUIVRE…

# Les légendes d'Avantia

Pour moi, Firepos, la bataille pour Avantia ne fait que commencer... Retrouve mon Cavalier dans le tome 2 des Légendes d'Avantia :

## Le troisième Cavalier

Nous avons trouvé Gulkien et sa Cavalière, Gwen. Notre route croisera peut-être aussi celle de Néra et Falkor. Leurs talents et leurs pouvoirs ne seront pas de trop pour surmonter les épreuves qui nous attendent. D'ici là, nous devrons continuer le combat !

**En librairie le 10 août 2011**

Le
de

OCTOBRE

LA BIBLIOTHÈQUE verte

P

# Table

1. La guerre .......................... 19
2. Varlot .............................. 25
3. Le secret d'Esmée ................ 39
4. La course ......................... 53
5. Gwen .............................. 65
6. Le retour de Derthsin ........... 79
7. Le médaillon ..................... 91
8. Dans les Gorges Brisées ....... 103
9. Gaël ............................... 115

« Pour l'éditeur, le principe est d'utiliser des papiers composés de fibres naturelles, renouvelables, recyclables et fabriquées à partir de bois issus de forêts qui adoptent un système d'aménagement durable. En outre, l'éditeur attend de ses fournisseurs de papier qu'ils s'inscrivent dans une démarche de certification environnementale reconnue. »

Imprimé en France
par Jean Lamour-Groupe Qualibris
Dépôt légal : août 2011
20.07.2408.1/01 ISBN : 978-2-01-202408-3
*Loi n° 49956 du 16 juillet 1949*
*sur les publications destinées à la jeunesse*